Madame
PROPRETTE

Collection MADAME

1 MADAME AUTORITAIRE	24 MADAME POURQUOI
2 MADAME TÊTE-EN-L'AIR	25 MADAME COQUETTE
3 MADAME RANGE-TOUT	26 MADAME CONTRAIRE
4 MADAME CATASTROPHE	27 MADAME TÊTUE
5 MADAME ACROBATE	28 MADAME EN RETARD
6 MADAME MAGIE	29 MADAME BAVARDE
7 MADAME PROPRETTE	30 MADAME FOLLETTE
8 MADAME INDÉCISE	31 MADAME BONHEUR
9 MADAME PETITE	32 MADAME VEDETTE
10 MADAME TOUT-VA-BIEN	33 MADAME VITE-FAIT
11 MADAME TINTAMARRE	34 MADAME CASSE-PIEDS
12 MADAME TIMIDE	35 MADAME DODUE
13 MADAME BOUTE-EN-TRAIN	36 MADAME RISETTE
14 MADAME CANAILLE	37 MADAME CHIPIE
15 MADAME BEAUTÉ	38 MADAME FARCEUSE
16 MADAME SAGE	39 MADAME MALCHANCE
17 MADAME DOUBLE	40 MADAME TERREUR
18 MADAME JE-SAIS-TOUT	41 MADAME PRINCESSE
19 MADAME CHANCE	42 MADAME CÂLIN
20 MADAME PRUDENTE	43 MADAME FABULEUSE
21 MADAME BOULOT	44 MADAME LUMINEUSE
22 MADAME GÉNIALE	45 MADAME INVENTION
23 MADAME OUI	

MONSIEUR MADAME

Publié pour la première fois par Egmont sous le titre *Little Miss Neat*, en 1984.
MONSIEUR MADAME ™ Copyright © 1984 THOIP (une société du groupe Sanrio). Tous droits réservés.
Little Miss Neat © 1984 THOIP (une société du groupe Sanrio).
Mme Proprette © 1986 THOIP (une société du groupe Sanrio). Tous droits réservés.

Madame
PROPRETTE

Roger Hargreaves

hachette
JEUNESSE

Madame Proprette était une personne très soigneuse.
Peut-être la plus soigneuse du monde.

Sa maison s'appelait villa Sou-Neuf.
Parce qu'elle était propre comme un sou neuf.

Un matin, comme tous les matins,
madame Proprette se réveilla dans sa villa Sou-Neuf.

Elle se leva et regarda par la fenêtre.

Il avait plu toute la nuit,
et… horreur ! une flaque d'eau
s'était formée dans l'allée du jardin.

Madame Proprette s'empara d'un torchon
et descendit bien vite dans son jardin.

Elle essuya la flaque d'eau.

Ensuite, elle rentra dans la maison
pour laver le torchon.
Puis elle le repassa,
le plia soigneusement
et le rangea dans un tiroir.

Car chaque chose devait être à sa place
dans la villa Sou-Neuf.

C'était l'été et,
comme chaque été, madame Proprette
allait prendre une semaine de vacances.

Elle passa deux semaines à préparer sa valise.

Et une semaine à l'astiquer.

En quittant la villa Sou-Neuf,
madame Proprette songea avec inquiétude :

« Pourvu que les meubles ne prennent pas
la poussière pendant mon absence ! »

Or, quelque chose de bien plus terrible
allait se produire dans la villa Sou-Neuf.

Monsieur Méli-Mélo avait décidé
de venir prendre le thé chez madame Proprette.

Pour la prévenir, il lui avait écrit une lettre.
Et il était allé poster la lettre
en tenant une tartine dans sa main.

Tu devines la suite…

Monsieur Méli-Mélo avait posté
la tartine au lieu de la lettre !

En rentrant chez lui,
il se réjouissait à l'avance de revoir
son amie madame Proprette.

Mais il trouvait que sa tartine
était bien difficile à mâcher.

Forcément, il était en train de manger sa lettre.

Donc, monsieur Méli-Mélo arriva à la villa Sou-Neuf
le lendemain du départ de madame Proprette.

Il frappa à la porte.
Pas de réponse.

Il cria :

– Au revoir !

Il aurait dû dire bonjour,
mais comme d'habitude il s'était emmêlé.

Monsieur Méli-Mélo ouvrit la porte.

Il regarda de tous côtés.

Personne.

« Je vais faire le thé
en attendant madame Proprette », se dit-il.

Il entra dans la cuisine
de la villa Sou-Neuf et prépara le thé.

Puis il attendit.

Longtemps.

Finalement, monsieur Méli-Mélo rentra chez lui.

Madame Proprette descendit du taxi,
paya le chauffeur et soupira :

– J'ai passé de bonnes vacances,
mais je suis bien contente de me retrouver chez moi.

Madame Proprette ouvrit la porte
de la villa Sou-Neuf.

– Il n'y a pas trop de poussière,
dit-elle joyeusement.

Madame Proprette décida
de se faire une bonne tasse de thé
avant de défaire sa valise.

Mais, après le passage de monsieur Méli-Mélo,
ce n'était pas facile de se faire une tasse de thé.

Madame Proprette
trouva la théière dans le réfrigérateur.

Et le lait dans la théière.

Et le thé dans le sucrier.

Et le sucre dans le pot à lait.

Et les tasses dans le four.

Et les soucoupes dans la huche à pain.

Cependant, madame Proprette
ne trouva pas une seule petite cuillère.

Madame Proprette cherchait ses petites cuillères
quand le téléphone sonna. Elle décrocha.

— Allô ! dit-elle.

À l'autre bout de la ligne, monsieur Méli-Mélo
s'aperçut qu'il tenait son téléphone à l'envers.
Il le remit à l'endroit et s'écria :

— Au revoir !

— Qui est à l'appareil ? demanda madame Proprette.

— C'est vous.

Madame Proprette réfléchit un instant et demanda :

— C'est monsieur Méli-Mélo ?

– Oui, répondit monsieur Méli-Mélo,
sans se tromper pour une fois.

– Êtes-vous venu ici pendant mon absence ?
demanda madame Proprette.

– Oui, répondit monsieur Méli-Mélo,
sans se tromper pour la deuxième fois.

Et il ajouta :

– Puisque vous êtes rentrée, je viens tout de suite.

– Je vous attends, dit madame Proprette.

Madame Proprette poussa un long soupir.

Elle s'assit à côté du téléphone.

Ouille !

Elle regarda sous le coussin du fauteuil.

Toutes ses petites cuillères étaient là.

Et ses couteaux.

Et ses fourchettes.

L'année prochaine, madame Proprette

ne partira pas en vacances

sans fermer sa porte à clé.

RÉUNIS VITE LA COLLECTION ENTIÈRE

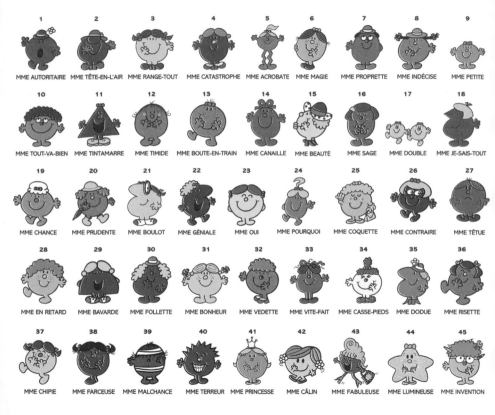

1 MME AUTORITAIRE	2 MME TÊTE-EN-L'AIR	3 MME RANGE-TOUT	4 MME CATASTROPHE	5 MME ACROBATE	6 MME MAGIE	7 MME PROPRETTE	8 MME INDÉCISE	9 MME PETITE
10 MME TOUT-VA-BIEN	11 MME TINTAMARRE	12 MME TIMIDE	13 MME BOUTE-EN-TRAIN	14 MME CANAILLE	15 MME BEAUTÉ	16 MME SAGE	17 MME DOUBLE	18 MME JE-SAIS-TOUT
19 MME CHANCE	20 MME PRUDENTE	21 MME BOULOT	22 MME GÉNIALE	23 MME OUI	24 MME POURQUOI	25 MME COQUETTE	26 MME CONTRAIRE	27 MME TÊTUE
28 MME EN RETARD	29 MME BAVARDE	30 MME FOLLETTE	31 MME BONHEUR	32 MME VEDETTE	33 MME VITE-FAIT	34 MME CASSE-PIEDS	35 MME DODUE	36 MME RISETTE
37 MME CHIPIE	38 MME FARCEUSE	39 MME MALCHANCE	40 MME TERREUR	41 MME PRINCESSE	42 MME CÂLIN	43 MME FABULEUSE	44 MME LUMINEUSE	45 MME INVENTION

DES **MONSIEUR MADAME**

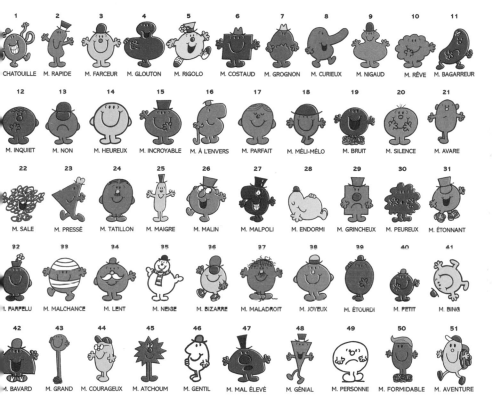

1 CHATOUILLE	2 M. RAPIDE	3 M. FARCEUR	4 M. GLOUTON	5 M. RIGOLO	6 M. COSTAUD	7 M. GROGNON	8 M. CURIEUX	9 M. NIGAUD	10 M. RÊVE	11 M. BAGARREUR
12 M. INQUIET	13 M. NON	14 M. HEUREUX	15 M. INCROYABLE	16 M. À L'ENVERS	17 M. PARFAIT	18 M. MÉLI-MÉLO	19 M. BRUIT	20 M. SILENCE	21 M. AVARE	
22 M. SALE	23 M. PRESSÉ	24 M. TATILLON	25 M. MAIGRE	26 M. MALIN	27 M. MALPOLI	28 M. ENDORMI	29 M. GRINCHEUX	30 M. PEUREUX	31 M. ÉTONNANT	
32 M. PARFELU	33 M. MALCHANCE	34 M. LENT	35 M. NEIGE	36 M. BIZARRE	37 M. MALADROIT	38 M. JOYEUX	39 M. ÉTOURDI	40 M. PETIT	41 M. BING	
42 M. BAVARD	43 M. GRAND	44 M. COURAGEUX	45 M. ATCHOUM	46 M. GENTIL	47 M. MAL ÉLEVÉ	48 M. GÉNIAL	49 M. PERSONNE	50 M. FORMIDABLE	51 M. AVENTURE	

Retrouve tous tes héros sur
www.hachette-jeunesse.com

Traduction : Jeanne Bouniort.

Édité par Hachette Livre, 58 rue Jean Bleuzen 92178 Vanves Cedex.
Dépôt légal : février 2004.
Loi n°49-956 du 16 juillet 1949 sur les publications destinées à la jeunesse.
Achevé d'imprimer par Canale en Roumanie.